神祕圖書館

這本書的主人是

神祕圖書館偵探2

爆米花、年輪椅與失竊的魔法書

文 林佑儒　圖 25度

目錄

人物介紹 004
第一章 跳蚤市場裡的蘋果 008
第二章 時間再度凍結了嗎？ 019
第三章 迷路市場裡的咩咩羊咖啡店 032
第四章 黑得發亮的咖啡 047
第五章 迷路地圖 056
第六章 雲朵菇烤丸子 074

第七章 恭喜你們迷路了！ 082
第八章 哪一邊有毒？ 095
第九章 一本書的價值 103
番外篇 咩咩羊三姊妹 118
456讀書會 124
作者的話 在那個魔法閃閃發亮的夏日午後 128
推薦文 互文、魔法與人性 130
推薦文 迷路才是真正的指標 134

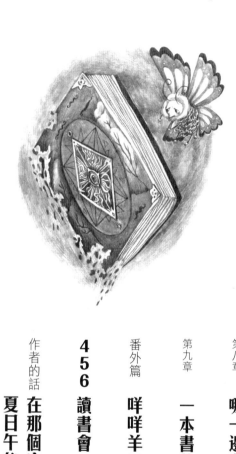

人物介紹

林捷與林宜

十一歲的雙胞胎兄妹，長相相似，性格卻不相同。因為在圖書館裡消磨暑假時光，意外認識來自圖書館木的館員，展開了奇幻冒險旅程。

小書籤

外型為黃尾巴蜻蜓，實際上是來自圖書館木的高階圖書館員，負責保護與照顧珍貴的圖書館木種子——彩花籽。

彩花籽

圖書館木的珍貴種子，以藍色蝴蝶的型態移動，喜歡愛書人的氣味。閱讀各式各樣的書籍是她汲取養分的方法。

小書丸

外型為紫金色的金龜子，是小書籤的徒弟。只要吃太飽就會說話不清楚與結巴。協助小書籤照顧圖書館木種子——彩花籽。

人物介紹

咩咩羊三姊妹

雪泡、雪嗶和雪可可，在迷路市場裡的咖啡店工作。三姊妹是三胞胎，長相一模一樣，必須從配戴的飾品的差異才能辨認身分。

星河

熊族，在迷路市場販賣地圖兼擔任嚮導。

法拉拉

曾為圖書館木的館員。與小書籤反目後發誓要成為最厲害的魔法師，並向小書籤下挑戰書。

第一章

跳蚤市場裡的蘋果

今天是學校舉辦愛心義賣跳蚤市場的日子，林捷和林宜都十分期待。在上學的途中，林捷不由自主的加快步伐，林宜得小跑步才跟得上哥哥的腳步。雖然兄妹兩人是雙胞胎，不過，哥哥林捷的速度總是比妹妹林宜快上許多。

到了學校，林宜明顯感受到學校裡的氣氛和平常十分不同。同學們興奮的拿出從家裡帶來預備出售的物品，坐在林宜旁邊的張曉榛捧著一個漂亮的圓形鐵盒說：「林宜，你猜裡面有什麼？」

林宜睜大眼睛，驚歎的說：「哇，好漂亮的盒子！裡面是什麼呢？曉榛，我猜不出來啦！」

張曉榛得意的打開盒子，裡面是包裝精美的手工餅乾。林宜看了，眼睛睜得更大了：「哇，好棒！是手工餅乾耶！看起來好好吃，包裝袋還用漂亮的緞帶綁起來，讓人捨不得吃掉。」

張曉榛帶著滿滿的笑容，點點頭說：「對呀，是媽媽和我一起做的呦！有三種口味：巧克力、牛奶葡萄乾和杏仁燕麥，每一包只賣二十五元。林宜，你要不要當我的第一個客人呢？算你一包二十元就好喔！」

「真的嗎？好棒喔！我買一包，謝謝你！」林宜馬上從自己的小錢包裡拿出兩個十元銅板，交給張曉榛。

「自己挑一包吧！」餅乾盒子裡琳琅滿目的彩色緞帶，讓林宜一時不知道該從何選起；其中有一包餅乾上的緞帶蝴蝶結好像動了一下，林宜輕輕的揉一揉眼睛，她心想應該是看錯了。

「你應該喜歡藍色吧？這一包怎麼樣？是三種都有的綜合口味喔！」張曉榛指了指餅乾

盒正中央、唯一一包繫上藍色緞帶的綜合餅乾。

林宜開心的點點頭說：「好呀！」她小心翼翼的拿起那包餅乾，放進自己準備的購物袋裡。

「林宜，你從家裡帶什麼來賣呢？」張曉榛問。

林宜從抽屜裡拿出一個小紙盒，說：「曉榛，這是我自己做的壓花書籤，做得不好，別笑我喔！」

張曉榛看著林宜帶來的書籤，每一張書籤上都有不同的壓花，有黃色玫瑰花瓣拼成的蝴蝶，紫色夏堇花瓣組合成的花叢，色彩繽紛美麗，花瓣細緻的紋路清晰可見。她忍不住驚歎的說：「哇！好漂亮，好特別的書籤！林宜，你好厲害喔！」

林宜搖搖頭說：「沒有啦！這是媽媽教我做的，媽媽說只要有耐心，就可以做得好。」

「我可以買這一張嗎？我好喜歡這一張喔！這是什麼花呢？花瓣的形狀好像星星喔！」張曉榛抽出一張書籤，上面畫著一隻可愛的小熊，手上捧著一朵漂亮的花。

「當然可以！那是蔦蘿，又叫新娘花。我也很喜歡！為了答謝你成為我的第一個客人，這一張書籤就算五元吧！」

張曉榛開心的拍拍手說：「哇！好棒！希望今天上午我們負責的攤位，東西可以全部賣光光！這樣就可以去逛逛別班的攤位，買自己喜歡的東西。」

「曉榛，你負責的點心攤位，應該會很受歡迎。但是，我負責的是二手書籍，恐怕沒辦法一下就賣完。」林宜苦笑著說。

「別擔心，我會努力發揮推銷的功力，把東西通通賣出去。」林捷笑嘻嘻的出現在林宜面前，他手上拿著一包爆米花，正津津有味的吃著。

「林捷，你從哪裡買來的爆米花？」張曉榛問。

「隔壁班賣的，一包只要十元，真好吃！很熱門喔，大家都排隊去買。要不要嚐嚐看呢？」

「難怪我一直聞到陣陣的奶油香味。哇，我要快點去推銷我的手工餅乾，免得大家都吃爆米花吃飽了。」張曉榛對著林宜和林捷揮揮手，然後前往自己負責的攤位。

此時學校變成一個大型的賣場，叫賣聲此起彼落；大家都努力的叫賣兜售自己帶來的東西，也好奇興奮的看著其他人販賣的物品。張曉榛負責的點心攤位十分熱鬧，不少人圍在攤位前面選購手工餅乾，還有班上愛心媽媽做的鳳梨酥也是人氣商品。林宜和林捷負責的二手書攤位，卻是冷冷清清；偶爾會有幾個人停下來翻一翻書，或是看看林宜帶來的書籤，但是已經開賣半個小時了，卻沒有人掏錢買書。

林捷失望的皺著眉頭說：「唉，生意好差喔！我剛剛快速逛了一下其他班級的攤位，有一班可以玩丟水球遊戲，看起來很刺激、很好玩。」

林宜聳聳肩膀說：「沒關係，你可以先去玩，等一下再回來。這裡我一個人負責，應該沒問題。」

「真的嗎？」林捷原來黯淡無神的眼睛，瞬間被林宜的話點亮了。

林宜認真的點頭說：「哥哥，你去吧，真的沒關係啦。」

林捷開心的點點頭，正打算起身離開攤位時，發現有個身高跟自己差不多、滿臉皺紋、穿著一身黑衣的老婆婆站在攤位前面，十分專注的看著桌上的書。今天的愛心義賣跳蚤市場，除了學生，也來了很多的家長——這可能是某位學生的奶奶或是外婆吧？林捷心裡暗暗想著。

「請問婆婆，想買什麼書呢？這裡的書都很便宜喔！要不要買幾本給你的孫子看呢？」林捷站在攤位前，大方的說。

老婆婆抬起頭，瞇著眼睛看著林捷問：「你們有賣蘋果嗎？」

林捷和林宜驚訝的互看了一眼，林捷依然帶著笑容說：「婆婆，我們不賣蘋果啦！我們賣的是書喔！」

老婆婆皺了皺眉頭，搖搖頭說：「不對，你騙我！明明有人告訴我，就是這裡有賣蘋果！如果今天沒買到蘋果，我可不走！」

「婆婆，我們沒騙你呀，這裡真的只有書，沒有蘋果啦！」遇到陌生人，林宜總是比較容易緊張；她試著盡量放大說話的音量，但是聲音還是像逐漸消氣的氣球，愈來愈虛弱。

「快說，你們把蘋果藏在哪裡？是不是藏在那一堆白色的石頭裡？」老太太指著林捷放在桌上，沒吃完的爆米花紙袋。

「石頭？那是爆米花啦！婆婆，裡面是奶油爆米花，沒有蘋果。」林捷耐著性子解釋，一邊拿起爆米花紙袋給老婆婆看；他看得出來，林宜已經開始擔心害怕了。他心裡盤算

著，如果再說不清楚，要請老師來處理。

此時，老婆婆露出神祕的笑容說：「我感覺得到，蘋果就在這裡！」說完，她以極快的速度，從林捷的手上搶來爆米花袋，把袋子裡的爆米花通通倒出來。爆米花灑落一地，竟然有一顆紅通通的大蘋果，從紙袋裡咚咚咚的滾落在地面。

第二章

時間再度凍結了嗎？

老婆婆彎下腰用左手撿起蘋果，如同撿到寶藏一樣，臉上的皺紋全都因為欣喜的表情而跳動著。她仔細的看著林捷和林宜，伸出右手食指說：「看吧！你們還有什麼話說？對於不誠實的小孩，我要把你們丟進……」老婆婆的話還沒說完，她突然把伸出的手指縮回，一手抓住蘋果，警戒的四處張望，說：「哼！算你們走運！有人來了，我得先走，下次再找你們算帳！帶我到市場去！」說完，就像風一般的消失。

林捷和林宜同時揉了揉眼睛，環顧四周，這才發現四周變得異常的安靜；雖然周圍依然人來人往，但是就是聽不到任何聲音。

「這是怎麼回事？哥，好奇怪，我聽不到其他人的聲音。」林宜露出驚恐的表情，拉了拉林捷的衣角。

儘管心裡十分不安，林捷盡力維持臉上的輕鬆表情，鎮定的說：「我也是。會不會和上一次在圖書館裡一樣，因為時間被凍結了呢？」

「嗯嗯，只猜對一半。」熟悉的聲音一出現，林捷和林宜不約而同的大喊：「小書籤！」

小書籤的外表是一隻黃尾巴蜻蜓；第一次在圖書館裡見到小書籤時，林捷以為他是一支黃色鉛筆。現在兄妹兩人同時發現，小書籤就坐在桌上陳列的書上面，旁邊是圓滾滾的小書丸——他像隻進入花叢的蜜蜂，忙著在二手書堆裡到處嗅嗅聞聞。

「小書籤，你怎麼出現在這裡？」林捷問。

「別忘了，你們兩位是我委任的圖書館木專屬書偵探，來找你們，當然是有重要的事囉。」林宜發現，小書籤用嚴肅的語氣說話時，兩道短短的眉毛會連成一直線。

「是不是跟剛剛出現的老婆婆有關係呢？」林捷問。

「嗯，反應挺快的！我果然沒選錯人！沒錯，剛剛那個老婆婆偷走了圖書館木遺失的魔法書。」

「魔法書？老婆婆拿走的明明只是一顆蘋果！」林宜說。

「那顆蘋果，可不是普通的蘋果。據說是當年白雪公主曾經吃過的蘋果。《格林童話》裡只提到白雪公主吃了毒蘋果之後的事，卻沒有記載當時有個魔法師撿走了蘋果，而且發現蘋果永遠不會腐爛，適合藏著大量的魔法密技。經過多年的流轉，毒蘋果裡藏著不同魔法師的魔法密技，據說只要拿到這顆蘋果，就可以變成世界上最強的魔法師。所以嚴格講起來，那顆蘋果就是每個魔法師夢寐以求的魔法書。我這一次來，就是聽到消息，當年從圖書館木被魔法師刻意帶出去的毒蘋果出現在人類世界；沒想到晚了一步，毒蘋果還是被搶走了！」

「所以，剛剛那個老婆婆，也是個魔法師？」林捷說。

「可能是，也可能不是。」小書籤意味深長的看著兄妹倆。

「為什麼？」林捷和林宜異口同聲的問。

「她也可能是個巫婆，知道這個蘋果的價值，不惜潛入這裡搶蘋果，然後拿到迷路市場，高價賣出。」

聽到小書籤的話，林宜立即接著說：「對耶，我聽到老婆婆要離開前，說了『帶我去市場』之類的話。」

「老婆婆口中的市場就是迷路市場嗎？那是個什麼樣的地方？」林捷問。

「迷路市場是魔法師和圖書館木居民會去的地方，裡面販賣各式各樣的魔法商品。這個市場並不在圖書館木裡，也不在人類世界

中，而是存在魔法空間裡。從圖書館木要去迷路市場是挺方便的，但是要從人類世界進去就很困難，得想想辦法。」

林捷聽了，露出興奮的表情說：「所以我們要去迷路市場嗎？現在的時間應該被你凍結了，我們才能行動吧？」

小書籤搖搖頭說：「我們現在只是在時間的透明隧道裡，時間並沒有完全被凍結喔。應該是剛剛那個老婆婆玩的把戲。」

林宜恍然大悟的點點頭：「難怪我覺得怪怪的，都聽不見周遭的聲音，好像有一道看不見的透明隔音牆，把我和哥哥關起來。」

「如果時間沒有被凍結，我們不就會錯過今天的跳蚤市場嗎？」林捷滿臉擔心的問。

小書籤說：「既然委託你們幫忙，當然不會讓你們有這樣的損失——我可以讓時間凍結，這樣你們放心了吧！」

接著，林捷和林宜發現，身邊原本來來往往的人瞬間靜止不動了，甚至連原來在空中展翅飛翔的小鳥、被同學往上拋的球，現在都停留在半空中，一動也不動。

「哇，所有的人和東西都停留在原來的動作！」林宜環顧四周，驚訝的說。

「你看，王啟安正好停在挖鼻孔的動作，陳雨庭正在打噴嚏，看起來真好笑！」林捷看了忍不住笑了。

這時，小書籤表情嚴肅的警告：「現在可沒時間欣賞風景，我的凍結術是有時間限制的。不快點追回那顆蘋果，毒蘋果勢必會在魔法師的世界造成搶奪或是紛爭；如果被壞心的魔法師搶走或是買走，利用蘋果裡面的魔法做壞事，就有大麻煩了！我們得快點出發！」

「說到圖書館木，彩花籽呢？」林宜才說完，有一隻藍色蝴蝶從林宜的購物袋裡翩翩飛出，停在林宜的手臂上。

「原來彩花籽就停在手工餅乾包裝的藍色蝴蝶結上！」林宜驚喜的看著彩花籽。上次看到彩花籽是幾個月前的事了；現在彩花籽翅膀上的藍色似乎變得淡了一些，但依然是很好看的藍色，而且充滿光采。

「彩花籽真的很喜歡你呢！」小書籤看著林宜說。

此時，林捷好像想起什麼似的，他問：「剛剛小書籤有說過，從人類世界要去迷路市場很困難，那我們要怎麼去迷路市場呢？」

「小書丸頭上的芽門除了是幫助彩花籽長成圖書館木的養分，也可以幫忙找路。這件事就交給小書丸吧！」聽到小書籤的話，小書丸立刻從書堆裡抬起頭，抱著圓滾滾的肚子，勉強揮動翅膀兩下，然後搖頭晃腦的發出「叮咚！沒，問，笛！」的聲音。

「不是沒問『笛』，是沒問『題』啦！明明告訴你不要吃太飽，還是不聽話——每次吃太飽，講話就變得不清不楚，真麻煩！等一下要好好帶路喔！」小書籤沒好氣的說。

「迷路市場是會讓人在裡面一直迷路的市場嗎？」林捷問。

「沒錯，不但是會在裡面迷路，連要進入市場之前，也很容易迷路，所以要有點耐心。」

此時，只見小書丸吃力的揮動著紫金色的翅膀往前飛，看起來就像隻閃亮的紫色金龜子。「好了，我們跟著小書丸走吧！」小書籤說完就和彩花籽跟在小書丸後面，接著是林捷和林宜兩兄妹。小書丸先穿過教室走廊，鑽進廁所，又飛出廁所，最後帶著大家再度回到林捷和林宜的教室門口，二手書的攤位前面。

「怎麼又回來啦？」林捷問。

只見小書丸繞著攤位上的書飛來飛去，小書籤不耐煩的說：「小書丸，你別貪吃，快點找路！」

「快！比角快！這裡！捷徑，咚！咚！咚！」小書丸突然激動的用力拍打翅膀，然後停在一本《格林童話》上面，一動也不動。

「什麼？你說去迷路市場有捷徑，不用迷路？怎麼不早說？！」小書籤又皺起眉頭。

「這裡！叮咚！」小書丸再度展開翅膀，繞著《格林童話》費力的飛起來。

「捷徑就在這本《格林童話》裡面？要怎麼找呀？」小書籤問。

「布基道，咚！」小書丸搖搖頭。

「不知道？我快被你氣死了！」小書籤急得快速揮動翅膀，飛往桌上的《格林童話》聞了聞，臉上原本焦急擔心的表情，突然緩和下來。他點點頭說：「原來如此！能不能找出捷徑，就要靠你們兄妹倆囉！」

「我們兩個？」林捷和林宜不約而同的回答。也許是雙胞胎的默契，兩人同時看了看對方，再看了看小書籤。

第三章

迷路市場裡的咩咩羊咖啡店

聽到小書籤說，兄妹倆可以幫忙找到進入迷路市場的捷徑，林捷和林宜覺得不可思議。

小書籤指了指桌上的《格林童話》，說：「我聞到這本書裡有圖書館木的味道，應該是因為書的紙張含有圖書館木的紙漿。在圖書館木還和一般的樹木長在同一片土地時，偶爾也會發生圖書館木被不知情的人類砍伐，製造成紙漿，而後印製成書。這樣的書還是有魔法存在，只是一般人類無法發覺。根據《圖書館木魔法百科》記載，這樣的書裡通常藏有一把年輪椅；只要找出年輪椅，再加上彩花籽，就可以直接進入迷路市場。」

「年輪椅？這本書裡怎麼可能藏了一把椅子？」林捷問。

小書籤點點頭說：「在人類的世界裡，書裡的確不可能藏著一把椅子；但是如果在圖書館木中，或是出自圖書館木的書，什麼事都可能發生。」

林捷點點頭說：「了解！快告訴我們找年輪椅的方法吧！」

小書籤接著說：「年輪椅是知識與閱讀的象徵。請你們打開這本書，翻開自己最喜愛的那一個故事，然後說說你們為什麼喜歡這個故事。不過，如果沒讀過這本書，或不是真心喜歡其中的故事，年輪椅是不會出現的。」

林捷十分興奮的說：「還好我和林宜都讀過《格林童話》！而且，我們都喜歡裡面的故事！」說完，他迫不及待的拿起書，翻到自己最喜歡的那一個故事，清了清喉嚨說：「嗯，我最喜歡的故事是〈糖果屋〉，裡面的主角漢賽爾和葛蕾特兄妹，讓我想到我和林宜常常一起冒險。每次看到故事裡描述的糖果屋——蛋糕做成的屋頂，巧克力、棒棒糖做成的窗戶——彷彿能夠聞到點心的香味。真希望能親眼見到真正的糖果屋！」林捷說完，看了看林宜，把書交給她。林宜接過書，表情有點緊張：「如果我說得不好，怎麼辦？」

「你喜歡這本書嗎？」小書籤問，林宜點點頭。小書籤露出安心的表情說：「那就不必擔心了，只要真心喜歡裡面的故事就行了！」

林宜深深的吸了一口氣，慎重的打開自己最喜歡的故事，開口說：「在這本書裡，我最喜歡的是〈白雪公主〉。白雪公主又善良又美麗，雖然遇到了想害她的繼母皇后，但最後還是得到了幸福。」

林宜說完之後，原本被翻閱過無數次的破舊書頁，突然發出白色光芒；彩花籽似乎被光芒吸引，不斷的在四射的光芒旁飛舞。林宜驚訝的發現，光芒隨著彩花籽的飛舞而改變方向，甚至像是被彩花籽的翅膀牽引一樣，成為發亮的銀白色絲線。彩花籽不斷的飛翔，如同織布機上的針梭一般來回，過了一會兒，銀白色絲線在空中逐漸形成圖像——是一把如同林捷手掌大小的圓形板凳！

「太棒了！年輪椅終於出現了！雖然小了一點，但是我已經三百

多年沒見過年輪椅了，真是太感動了！」小書籤顯得很激動，眼淚似乎快要奪眶而出。

「棒！棒！快！咚！」一看到小書丸衝向年輪椅，小書籤連忙對林捷、林宜兄妹揮揮手說：「快點把你們的手放在椅子上方，一起說出你們的目的地。」林捷立刻拉起妹妹的手放在年輪椅上方，兄妹兩人很有默契的一起大聲喊著：「到迷路市場！」

＊＊＊

只有一眨眼的時間，林宜發現自己已經不在學校的走廊，而是在一家咖啡店門口。她的手依然被哥哥緊緊握著，讓她覺得安心許多。「歡迎光臨咩咩羊咖啡店！」此時兩兄妹面前出現了三個女孩，女孩們異口同聲的喊著。三個女孩個子一般高，都留著蓬鬆的捲髮，都穿著有滾花邊的白色圍裙，都有圓圓的大眼睛——三人看起來幾乎一模一樣。

「我是雪泡！」林宜注意到第一個女孩頭上的髮夾是一支紅色的鉛筆。

「我是雪嗶！」林捷注意到第二個女孩脖子上戴的項鍊是一支藍色的鉛筆。

「我是雪可可！」林捷與林宜同時注意到第三個女孩手上的戒指是一支綠色的鉛筆。

「歡迎光臨！」三個女孩一邊說，一邊把林捷和林宜推進店裡，

MENU

拉出椅子，讓兄妹兩人坐下。

「你們要點些什麼呢？」雪泡拿著點菜單，一邊隨手抽出髮夾上的紅色鉛筆。

林捷和林宜看著眼前長得一模一樣的三人，一下子說不出話來。過了一會兒，林捷才看著雪泡說：「請問這裡是迷路市場嗎？」

「你們兩位是來自人類世界吧？歡迎來到魔法世界。這裡是迷路市場沒錯，咩咩羊咖啡店是迷路市場裡最受歡迎的店。」雪嗶邊說邊把玩胸前的藍色鉛筆項鍊。

林捷好奇的問：「你們怎麼知道我們來自人類世界？」

「因為來自人類世界的人，身上都有一股特殊的氣味，和住在魔法世界的居民不一樣。我們三姊妹有超級靈敏的嗅覺，一聞就知道了喔。」雪可可一邊摸著自己的鼻子，手上的綠色鉛筆戒指十分醒目。接著她問：「你們決定好要點什麼了嗎？」

林宜發現她和哥哥被三姊妹包圍在桌子前，動彈不得。林宜慌張的搖搖頭說：「我們是第一次來，不知道要點什麼。」

「哦？不知道要點什麼嗎？本店的招牌咖啡是咩咩羊迷路咖啡，喝了會一邊咩咩叫，一邊迷路。」聽到雪嗶的介紹，林捷覺得很好笑，但是雪嗶看起來十分正經嚴肅，林捷只能深深的吸一口氣，抑制自己想笑的念頭。

林宜發現小書籤和小書丸不知道什麼時候不見了，心裡覺得十分緊張；身邊的哥哥林捷也不發一語，她只好鼓起勇氣開口：「呃，其實，我們是來找蘋果的。請問哪裡有賣蘋果呢？」

「蘋果？咩咩羊咖啡店裡有迷魂蘋果派，加上火焰冰淇淋，更美味喔！」雪可可說。

林宜和林捷對看了一眼，林捷雙手一攤，聳聳肩膀說：「對不起，我們找的是整顆的蘋果，不是甜點蘋果派；而且我們沒帶錢，我想我們還是離開好了。」說完，林捷拉著林宜的手，想起身離開。

「錢？我想你們應該不知道，在迷路市場裡吃東西、買東西，是不用付錢的。」雪可可眨眨眼睛說。

林宜覺得有一絲不安，她勉強擠出笑容，說：「我們肚子不餓，一點都不想吃東西、喝東西，謝謝！」

「既然不想吃喝，那你們為什麼出現在咖啡店門口呢？」雪嗶用充滿疑惑的表情，歪著頭看著兄妹兩人。

「我們是想找一個拿著蘋果的老婆婆——她跟我一樣高，頭上綁了一個髮髻；她有非常尖的鷹勾鼻，眼神明亮卻很銳利，看起來凶巴巴的樣子。」林捷說。

「真可惜，我想不起來看過這樣的人。但你們是咩咩羊咖啡店今天第一組客人，第一組客人可以免費享用一杯追蹤咖啡。喝了這杯咖啡，可以找到任何你想找的東西，最適合個性迷糊、容易弄丟東西的人，或是想尋找寶物的人喔！」雪泡一邊說，一邊用手指頭玩著自己的捲髮。

「真的嗎？那就來杯追蹤咖啡吧！」一聽到可以尋找寶物，林捷的眼睛立刻發亮。在一旁的林宜卻露出擔心的眼神，低聲說：「哥哥，你忘了嗎？媽媽不准我們喝咖啡耶！」

「只喝一口，應該沒關係吧？況且這是眼前最可能找到老婆婆的方法。」說完，林捷轉向雪泡說：「好！我決定要試試看！但是你們得先告訴我，喝了追蹤咖啡，要如何才能找到想找的人呢？」

「沒問題！聽好了，我只說一次。喝了追蹤咖啡，在心裡默念三次要找的人名，然後敲地上三下，敲空氣三下，敲自己三下，再大喊三聲『哇』。這樣就行了！」雪可可快速的解釋。

接著，雪嗶端出一杯咖啡，咖啡黑得發亮。林捷看著眼前冒著煙的咖啡，快速的拿起咖啡杯湊近嘴邊，輕啜了一口。咖啡的味道又苦又鹹，林捷放下咖啡杯說：「謝謝招待，我們得離開了！」

這時，三個女孩同時擋在兄妹倆面前，異口同聲的說：「不行！你喝了咖啡，得付出代價才能走！」

「騙人！你們剛剛明明說這是免費的，不是嗎？」一聽到三姊妹這樣說，林宜慌張了起來。

「沒錯！不要以為我們是從人類世界來的小孩，就想欺負我們！」林捷的語氣變得很強悍。

「我只說不用錢，但是沒說不必付出代價——難道你們沒聽過

『天下沒有白吃的午餐』？迷路市場裡的咩咩羊咖啡店當然也沒有白喝的咖啡囉！」雪泡說得理所當然。

對於接下來會發生的事，林捷一點把握都沒有；他咬了咬嘴脣，說：「好吧！那代價是什麼？」他想起遇到困難緊急的狀態，就要先讓自己鎮靜下來——這是爸爸常告訴林捷的話。

雪可可露出幸災樂禍的笑容，說：「你們得猜猜看，我們三個的真實身分。只有一次機會，猜對了，就可以離開；猜錯了，就得永遠留下來當咩咩羊咖啡店的服務生嘍。」

第四章

黑得發亮的咖啡

一聽到要猜眼前這三個女孩的身分，林宜的手心就開始冒汗。她仔細的看著這三個女孩：雪泡、雪嗶、雪可可，三人長得幾乎一模一樣，身材和體型也一樣，有點圓圓胖胖的，四肢卻特別瘦。穿著相同的衣服——黑色短洋裝和白色圍裙。唯一可以區分她們的，就是配戴在身上、不同顏色的鉛筆飾品。至於她們的真實身分？巫婆？魔法師？林宜一點概念都沒有。林宜看著哥哥林捷邊皺著眉頭，邊低頭盯著桌上的咖啡杯，陷入苦思之中，她想哥哥心裡一定也十分焦慮緊張。林宜環顧四周，發現這家咖啡店並不大，只能容納三張桌子；所有的桌子上都擺著折疊整齊的餐巾。牆壁漆成柔和的淺藍色，還有幾朵白雲，看起來像晴朗的天空一樣舒服。地上鋪著軟綿綿的綠色地毯。工作臺前除了咖啡杯與咖啡機，只擺一排小小的人偶；除此之外，沒有多餘的裝飾品，不像平時和爸爸媽媽一起去的咖啡店，總有些漂亮可愛的擺飾品。

此時，雪泡說話了：「怎麼了？想不出答案嗎？直接認輸也可以喔。」

林捷突然抬起頭說：「可以再來一杯咖啡嗎？」

雪嗶點點頭說：「哦？想拖延時間嗎？當然沒問題！」說完，她立刻走進工作臺後端出另一杯咖啡；林捷立刻站起來，想直接從雪嗶的手上接過咖啡。

「等一下，這杯也是追蹤咖啡。按照本店的規矩，每個人只能喝一次追蹤咖啡，所以這杯必須由你妹妹來喝。」雪嗶把咖啡杯放在林宜面前，林宜緊張的看了看林捷。

「林宜，你不必喝！」林捷對著滿臉擔心的林宜說。這時，雪可可板起臉來說：「這可不是你能決定的！」

「我知道你們是誰了！」林捷直視著雪可可的臉。

「哦？是嗎？」雪泡、雪嗶、雪可可同時說。

「你們是羊！」林捷說完，三個女生臉上的表情如同瞬間從雲端掉落般驚嚇——林宜知道哥哥猜對了。

雪泡咬了咬嘴唇，一臉不情願的說：「你答對了！但是，可以請問你是怎麼猜到我們三個是羊？」

「如果你們也願意回答我們的問題，我就回答你。」林捷覺得自己的肩膀頓時變得輕鬆起來，他終於能讓自己放鬆的靠著椅背，感受椅子的柔軟舒適。

雪嗶點頭說：「成交！從來沒有人類能猜對我們的身分，我很想知道你是怎麼發現的？」

「因為咖啡。這杯咖啡雖然是黑色，但是黑得發亮，就像鏡子一樣，能看到自己的影像。我看到你的臉映在咖啡上，頭上居然有兩隻彎彎的角，下巴還長了鬍子。我以為自己眼花了，所以請你再送一次咖啡來。」林捷說完，三個女生同時摸了摸自己的頭頂，又摸了摸自己的下巴。雪可可不服氣的說：「可惡！沒想到咖啡會讓我們原來的樣子顯露出來！」

「當然不只是這樣。我一進來就發現你們身上都噴了很濃的香水，香水的味道濃到連咖啡的香氣都不見了，我猜你們是想掩蓋身上的味道。爸爸媽媽有帶我們去過農場餵羊吃草，羊的身上有一股很濃的味道。還有，地毯是真的草皮對吧？我剛剛有偷摸了一下；雖然草長得很細、很密，也被剪得很短，如果不仔細看，的確會以為是地毯。最後，這家店名又叫做『咩咩羊』，所有的線索加起來，我更確定你們就是羊！」

三個女生像是洩了氣的皮球般垂下頭，雪可可一臉失望的說：

「好吧，你們可以離開了！」

「等一下，你還沒回答我的問題！」林捷看著三個女生說。

雪泡兩手一攤，一臉無奈的說：「好吧！你要問什麼呢？」

「你們真的不知道蘋果在哪裡嗎？」林捷的眼睛直盯著雪泡。

雪泡皺著眉頭說：「在你們來之前，有人告訴我們，會有兩個人類書偵探，帶著傳說中的毒蘋果魔法書進入迷路市場。只要我們能想辦法困住你們，就可以品嚐毒蘋果魔法書的滋味。你們要知道，對於羊來說，紙張是美味無比的食物；尤其是毒蘋果魔法書，更是夢幻美食，如果能吃到，說不定還能增強魔法功力呢！」雪泡說完，舔了舔嘴脣，在一旁的雪嗶和雪可可，也用力的吞了吞口水。

「可是我們看到的是一顆普通的蘋果，不是書本呀！」林捷說。

「你們兩個人類小孩不要忘了，這裡可是魔法世界。你們看到的是毒蘋果魔法書的原始形狀，只要施以魔法，就有辦法讓它成為一本書的樣子。啊！好想嚐嚐夢幻的毒蘋果魔法書呀！即使吃不到，聞一下香味也好！」雪嗶說完，三姊妹都露出心神嚮往的表情。

「請問，告訴你們關於毒蘋果魔法書消息的那個人，是我們在找的老婆婆嗎？」林宜緊接著問。

雪嗶聳聳肩膀說：「那個人把自己的全身包得緊緊的，只露出眼睛，說話的聲音聽起來是個年輕的男人，可不是什麼老婆婆喔！」

「但是在我們魔法世界裡，隨意變換自己的外型和聲音，並不是一件難事。所以，我們也無法辨識那個人是誰。」雪可可補充。

「看來，我們也只能靠自己了。」林捷拉起林宜的手，一起走到咖啡店門口。

「在你們離開咖啡店之前，我們想給你一個忠告：雖然追蹤咖啡可以幫助你找東西；但是請注意，這裡是迷路市場，只能迷路才能找到你想要的東西喔！」雪泡說完，對著林捷眨了眨眼睛。

第五章

迷路地圖

離開咖啡店，林捷和林宜才發現外面原來是一座森林，每一棵樹都高得幾乎看不見樹頂；樹幹十分粗壯，需要好幾個人手拉手才能圍起來，也看不見森林的盡頭。林宜露出害怕的眼神說：「我們要進去嗎？小書籤、小書丸和彩花籽都不見了，該怎麼辦呢？」

林捷心裡雖然有些擔心，但是他了解妹妹的個性，如果他也說自己擔心，妹妹就會更緊張。他刻意露出樂觀的笑容，輕輕的拍拍林宜的頭說：「放心，也許是年輪椅帶我們來這裡的時候，大家走散了，說不定在森林裡會遇到小書籤、小書丸和彩花籽。」

此時，有個宏亮的聲音傳過來：「迷路地圖大特價，進迷路市場之前一定要買一份迷路地圖！我從來沒見過你們兩位，應該是第一次來迷路市場吧？要不要買一份地圖呢？」有個看起來和林捷、林宜一樣年紀的小男孩，手上拿著一張地圖，突然從森林裡的一棵大樹後面冒出來。基於剛剛在咖啡店的經驗，林捷和林宜立刻警戒的觀察這男孩。

「不要擔心，我不是壞人啦！我叫星河！我賣地圖，也當嚮導；你們如果不買地圖，也可以請我帶路——我是在迷路市場出生長大的，這裡我很熟喔。通常第一次來迷路市場的人，都會在咩咩羊咖啡店門口出現。三個山羊姊妹花可不是容易應付的角色，你們可以平安走出咖啡店，算是很厲害呢！雖然我是一頭熊，但你們可以信任我喔！來到迷路市場的人，都不是普通人，大家都有想找的東西。你們應該也有想找的東西吧？」星河說話的速度很快，臉上一直帶著笑瞇瞇的表情，如果不是身在迷路市場，林捷覺得星河看起來就和隔壁班的同學沒什麼兩樣。林捷仔細看了一下星河，發現他的眼睛圓而明亮，皮膚是很深的咖啡色；雖然不像熊一樣全身毛茸茸的，但是他手臂的汗毛的確比一般人長，手掌又厚又大，看起來真的有幾分像熊。

「我們沒有錢可以買地圖，也沒有錢請你當嚮導。」林捷說完，才想起在咖啡店裡雪泡說過，迷路市場是不用錢買東西的。林宜立刻接著說：「我們知道這裡不用錢買東西，可是我們也不想隨便『付出代價』。」

星河依然在臉上堆起滿滿的笑容，說：「你們放心，在迷路市場是以物易物；只要你拿身上的東西跟我交換就行了，任何東西都可以喔。」

「真的嗎？這個可以嗎？」林宜從口袋裡掏出原本打算在學校跳蚤市場賣的壓花卡片。

「哇！好漂亮的卡片，我喜歡！可以給我兩張嗎？我想給妹妹一張。」林宜看見星河看到書籤卡片的表情，和張曉榛看到卡片時是一樣的開心，她相信這個人應該不會騙人。

「沒問題喔！」林宜點點頭。星河選了粉紅色玫瑰花和綠色幸運草兩張書籤卡片，然後把手上的地圖交給林宜，說：「地圖送給你。為了答謝你的慷慨，我還可以當你們的嚮導。想找什麼呢？」

「我們想找一顆蘋果，就是白雪公主吃過的蘋果。」一聽林捷這麼說，星河皺了皺眉頭，表情突然嚴肅起來。他抽出手上的其中一張卡片遞給林宜，說：「對不起，我不能帶路了，所以這一張卡片還給你！」

「為什麼呢？」林宜驚訝的問。

「因為有人威脅我，只要有人問起毒蘋果魔法書，我都不能插手；如果不聽，我妹妹就會有危險。對不起，我不能實現承諾！」

星河鄭重的行了九十度鞠躬禮。

「沒關係，我了解。我也有妹妹，如果換成是我，我也不想讓她遇到任何危險。不過，可以請你告訴我們，威脅你的人是誰呢？」

林捷問。

星河搖搖頭說：「我也不知道。那個人身材不高，還戴著面具；他只是塞了一張警告紙條給我，就無聲無息的消失了。」

林宜聽完後說：「可惜線索太少，我們還是不知道要去哪裡找毒蘋果魔法書。不過書籤卡片不用還給我了，就送給你吧！」

星河露出感激的眼神說：「謝謝你們。我雖然不能幫你們帶路，不過迷路地圖或許可以幫你們找到你們想找的東西。再見！」說完，星河立刻走進森林，消失在大樹之中。

兄妹兩人看著星河消失的背影，不約而同的嘆了一口氣。林宜說：「不知道小書籤和小書丸，還有彩花籽在哪裡？」

「對！應該先把小書籤他們找出來，大家再一起想辦法找毒蘋果魔法書。我剛剛喝了追蹤咖啡，我來試試看可不可以召喚他們。」林捷說完，照著雪可可的指示，默念三次要找的人名，然後敲地上三下，敲空氣三下，敲自己三下，最後大喊三聲「哇」。他等了一會兒，卻沒有任何動靜。

「怎麼會這樣？步驟應該沒錯，是我記錯了嗎？還是雪可可騙人？」林捷喪氣的說。

「哥哥，我也記得是這個步驟沒錯，別急，我們再等一下。」林宜安慰林捷。

「你說的沒錯，不要急，我們先來研究一下迷路地圖吧，說不定會有新的發現。」林捷立刻提起精神。

林宜點點頭，把地圖打開；才剛翻開，就聽到急速的翅膀振動聲。她驚訝的發現有一隻蝴蝶的影子在地圖上游動，接著出現蜻蜓的影子，最後是金龜子的影子。

「一定是彩花籽、小書籤和小書丸！小書籤，小書籤，我們在這裡呀！」林捷忍不住對著地圖大喊。

聽到林捷喊叫，蜻蜓影子先是停下來幾秒鐘，接著更努力的拍打翅膀；翅膀拍打的速度愈快，影子似乎也慢慢變大了。林宜也立刻大喊：「彩花籽，小書丸，我們在這裡呀！」蝴蝶和金龜子的影子也加快了飛行的速度。

「林宜，你看！追蹤咖啡真的可以找到想找的人，太好了！小書籤的影子開始變成黃色了！小書籤加油，彩花籽加油，小書丸加油！快出來和我們見面！」林捷興奮的對著地圖上的影子繼續喊。過不了多久，小書籤果然從地圖中飛出來，接著是彩花籽，最後是小書丸。

「小書籤，你們去哪裡了？我好擔心！還好剛剛哥哥喝了追蹤咖啡，把你們找出來了！」林宜欣喜的說。

只見小書籤從地圖中飛出來，停在林捷的右肩膀上；接著小書丸飛到林捷的頭上；最後是採花籽停留在林宜的洋裝上。小書籤說：「哇！沒想到年輪椅出了差錯，居然把我們三個送到和迷路市場相隔遙遠的大風吹車站，害我們費了好大的勁兒，還找不到往迷路市場的方向。幸好有林捷用追蹤咖啡找到我們，不然後果真是不堪設想！」他振一振自己的翅膀，彷彿在伸懶腰似的，接著說：「累死人了，真想馬上買杯迷路市場的名產『金星雨露茶』解解渴！兩百年沒喝過了，真是想念！」

「金星雨露茶來了！只要有人呼喚，隨時來到你身邊！」一個老先生推著小小的推車，緩緩的從森林中走出來。

小書籤開心的大叫：「紅火爺！太好了！和以前一樣，隨叫隨到！快點給我一杯金星雨露茶吧！」

林捷仔細的看著眼前的老先生：他的鼻梁非常挺，鼻子很尖，耳朵也比一般人長，頭髮是十分少見的磚紅色。

「你們兩個是人類的小孩吧？小時候我常偷溜到人類世界跟人類小孩玩，所以一眼就可以看出來。迷路市場少有人類出現，更難得看到人類的小孩！要不要來杯金星雨露茶呢？」紅火爺從推車上拿出荷葉，一手熟練的拿起車上的葫蘆，灑出幾滴晶瑩剔透的水；水滴在荷葉上形成一顆大水珠，小書籤和小書丸立刻飛過去大口暢飲。

「啊！真過癮！不要小看這一小滴水，喝了生津解渴。金星就是

『眼冒金星』裡的金星；每一份金星雨露茶都必須蒐集一百人份的『眼冒金星』，加上被滿月光輝照射過的露水，美味呀，美味！」小書籤一臉心滿意足。

「喝這杯茶要付出什麼代價呢？」林宜小心翼翼的問。

紅火爺聽了林宜的問題，呵呵的笑著說：「原來你們擔心這個？不用擔心，只需要把你們的『眼冒金星』都送給我，就行了！」

林捷好奇的問：「怎麼送呢？」

「只要你先喝下金星雨露茶，下次當你發生眼冒金星的狀況時，我就會自動來收囉！放心，你不會有任何感覺，反而會覺得很快就清醒了。」紅火爺一邊說，一邊又拿出荷葉，灑入茶水，先遞給林宜，再給林捷。

「哇！真好喝！冰涼清甜，喝完了還有一股氣會往鼻孔冒，但是一點都不嗆，也不難過，真是神奇！」林宜驚訝的說。

林捷接著說：「是呀，雖然只是一滴，但是喝了立刻就不渴了！」林捷觀察紅火爺的耳朵，發現它不但比一般人長，而且尖尖的，上面布滿細細的磚紅色毛髮，偶爾會輕微的顫動，似乎隨時都在注意周遭的動靜。林捷忍不住開口：「可以問一個問題嗎？紅火爺是不是狐狸呢？」

「呵呵，你這孩子的觀察力真不錯。沒錯，我是狐狸。」紅火爺露出讚許的眼神。

「當然囉，他們可是我挑選的圖書館木書偵探——我的眼光一向很好。」小書籤雙手抱在胸口，十分自豪的說。

「書偵探？所以是為了找書來迷路市場囉？我有好幾百年沒在這裡遇到找書的人了，你們要找的一定是很珍貴的書。」紅火爺說。

「沒錯。不過嚴格說起來，是要找回從圖書館木被偷走的書。」小書籤的話鋒一轉，他臉上的表情跟著變得十分嚴肅，他說：「紅火爺，有聽說最近迷路市場有什麼令人注意的新商品嗎？」

「嗯，我在迷路市場總是不斷的迷路，只有客人呼喚我的時候，才會找對方向，所以也沒注意其他人是不是賣了特別的東西。只是，昨天有個客人向我打聽，最近有沒有遇到帶著彩花籽和小書丸的圖書館木一級館員？我問他是不是館員的朋友，那人卻一個字都不回答。」

「哦？圖書館木的一級館員？還有小書丸和彩花籽——那就是在打聽小書籤囉？」林捷插嘴。

小書籤點點頭說：「這個人應該就是在打聽我，也可能是想偷走彩花籽和小書丸身上的芽門的不肖之徒——他一定知道，彩花籽和芽門就是能打開毒蘋果魔法書的鑰匙。也許這個客人就是偷走毒蘋果的人。紅火爺，你知道那個客人是誰嗎？」

紅火爺摸了摸自己的下巴，回想著：「那個客人很神祕，穿著隱形斗篷，只聽得到聲音，卻不見人影。」

「你怎麼知道是隱形斗篷呢？說不定是個懂隱身術的魔法師。」

小書籤說。

「因為那個客人伸手拿荷葉杯時，手突然冒出來，我猜想應該是穿了隱形斗篷，不小心把手伸出隱形斗篷之外。那隻手看起來像女生的手：手指修長，指甲光亮無瑕，皮膚白皙，非常漂亮。但是，客人的聲音卻是男人的聲音，所以我的印象很深刻。」紅火爺說完，耳朵突然動了一下，他看了看四周後說：「抱歉，有客人在呼喚，我得離開了。謝謝光顧，後會有期。」

「謝謝你，紅火爺！」還沒等小書籤說完，紅火爺已經帶著推車消失無蹤。

第六章

雲朵菇烤丸子

原本以為可以從紅火爺口中問到是誰在尋找毒蘋果魔法書，沒想到他也不清楚打聽毒蘋果的人的身分。小書籤在紅火爺離開之後，嚴肅的皺起眉頭說：「看來，要順利找到毒蘋果魔法書，可真是不容易呢。」

「肚紫！額！ㄘㄘ！叮叮！」小書丸展開紫金色的翅膀，頭上發著光的綠色寶石十分顯眼。

「小書丸，你肚子餓了嗎？」林宜問。

「你怎麼知道小書丸肚子餓了？」林捷詫異的問。

「因為聽起來像是在說『肚子餓！吃吃！』而且小書丸一直摸著他圓圓的肚子。」林宜說完，抿著嘴偷偷的笑了。

小書籤點點頭說：「沒錯！這傢伙才喝完金星雨露茶，接著應該是想吃雲朵菇烤丸子。真是個貪吃鬼！」

「可是，我記得你說過，你們的食物是書本的香氣？」林捷問。

「沒錯，那是主食，在圖書館木裡到處都是，我們想吃多少，就有多少。而迷路市場的食物對我們來說是零食，平常根本沒機會吃。說老實話，我也會想念這裡的食物呢。畢竟距離上次吃到這些東西，已經是兩百多年前了。」小書籤說完，也不自覺的吞了吞口水。

此時，小書丸突然睜大眼睛，快速的振動翅膀，往森林裡飛。

小書籤急忙喊：「小書丸，等一下！」但是小書丸自顧自的向前飛，而且愈飛愈快，小書籤和彩花籽只好跟著往前，林捷和林宜也快步緊跟在後。進入森林後，林捷才發現森林裡沒有他想像中那麼暗；雖然每棵樹都高不見頂，但是陽光像金色的粉末從樹葉間的縫隙灑落在地面，足以讓他看清前面的小徑。森林裡也沒有他想像中那般安靜，四周都是不知名的鳥鳴與動物的叫聲。他很想探看周圍到底有哪些動植物，但是小書丸在前方飛行的速度極快，他只能拉著妹妹的手在後面緊追。林捷不希望和大家再度走散。

飛了一陣子，小書丸突然在一棵大樹前停下來。

「小書丸，算你厲害，在迷路市場不必迷路，就能找到雲朵菇烤丸子之家！對於吃這件事，你還真是有天分。」小書籤氣喘吁吁的說。

「雲朵菇烤丸子？是這些嗎？」林宜指著一朵朵圍繞著大樹樹身的白色蕈菇。林捷原本抬起頭來企圖看看大樹到底有多高，也發現眼前白色如拇指大小的菇類，圍繞著大樹軀幹生長。

「那些叫雲朵菇，每一朵都和天上的雲一樣，形狀不同，質地蓬鬆柔軟，入口即化。用雲朵菇做成的烤丸子，真的是好吃得要命！」小書籤和小書丸一臉滿足的樣子，好像美食就在眼前。

此時，有片葉子從樹上飄下來，傳出一個老太太的聲音：「不好意思，今天剛好做烤丸子的材料金薯粉用完了，必須去補貨，所

以公休一天。歡迎再度光臨雲朵菇丸子之家！」

「有人在樹上嗎？」林捷好奇的抬頭看了看樹上，但除了松鼠，不見任何人影。

「雨婆婆應該不在吧？看起來是回音樹的留言。」小書籤無精打采的說。

「回音樹？」林宜問。

「就是這棵樹——雲朵菇只生長在回音樹旁邊，所以雨婆婆在這裡開店，專賣雲朵菇烤丸子。回音樹的樹葉會記憶在這棵樹旁的人說過的話，當風吹落樹葉的時候，說話的聲音也會跟著發送。」小書籤說。

林捷撿起地上的樹葉仔細端詳：「好特別的樹葉，葉面光滑，葉子的形狀看起來好像一支小喇叭。」

「所以，我們現在說的話，也會被回音樹存起來嗎？」林宜好奇的問。

「沒錯！只要站在樹下，任何聲音都會被存在回音樹的葉子裡喔。」小書籤說完，一陣風吹來，一片葉子在枝頭搖搖欲墜，隨時可能被風吹落；所有的人都安靜下來，豎起耳朵，等著聽這一片樹葉說了什麼。

樹葉終於被風吹離枝椏，葉子慢慢的旋轉墜落，林捷和林宜屏住氣息，把全身的注意力都放在雙耳。一個年輕女子的聲音從樹葉傳出：「啊！真倒楣！難得來迷路市場一趟，雨婆婆卻不在家，吃不到想念的雲朵菇烤丸子！看來還是先去找蠟筆小草太太，問她彩花籽在哪裡。」

小書籤聽完之後，激動的大叫：「怎麼可能？居然是她？」連小書丸都拚命震動著翅膀，對著已經掉落在地上的樹葉說：「小，小，蘇，蘇，包，包！噹！噹！」

「小書籤，小書丸，你們兩個認得這個人的聲音嗎？」林宜疑惑的問。

只見小書籤的眉毛皺成一直線，他說：「沒錯！我認得這個聲音。我們得快去找蠟筆小草太太，或許就可以找到真相！」

第七章

恭喜你們迷路了！

林捷很想問小書籤，說話的人是誰？蠟筆小草太太又是誰？但是小書籤指示小書丸帶路後，就開始鼓動翅膀，一路急急忙忙的向前飛。小書籤的身材雖然如同蜻蜓一般大小，飛行的速度卻非常快。一開始林捷只要快步走就可以跟上，但是小書丸和小書籤愈飛愈快，彩花籽還可以輕鬆的跟隨在後，林捷和林宜就必須小跑步，才跟得上他們。

林宜一邊趕路一邊想：如果不是小書丸帶路，她一定會在森林中迷路。森林中的小徑彎彎曲曲，高大茂密的樹群只容許陽光像金線一樣穿過樹葉間的縫隙。林宜沒有時間仔細觀察周遭的景色，只是一直覺得有人在旁邊監視他們。小書籤此刻看起來緊張又著急，林宜清楚現在並不是提問的好時機，只能緊緊的拉著哥哥林捷的手，快步的跟著走。過了一會兒，林捷突然停下腳步，林宜發現前方的視野開闊起來，森林中居然有一小片草地。草地的中央是一個池塘，因為少了大樹的遮蔽，陽光直接灑落在池塘中，池塘看起來格外耀眼。

「呼！終於到了嗎？這裡應該是傳說中迷路市場裡的閃亮亮池塘——白天因為有太陽的照耀，池塘發出金色光芒；夜晚因為月亮與星星出現，池塘變成銀光閃閃。」小書籤終於開口說話。

「蠟筆小草太太住在這裡嗎？」林捷問。

小書丸搖搖頭說：「不似，不似，叮咚！叮叮！」

「啊？不是這裡？那你帶我們來這裡做什麼？難道你迷路了？」

小書籤生氣的瞪著小書丸。

此時，有個年輕女子的聲音傳來：「別忘了，在迷路市場必須迷路，才能找到自己想找的東西。所以，恭喜你們迷路了！我等你們等了好久呢！」林捷和林宜聽得出來，這聲音和他們在回音樹下聽到的是同一個人。但是環顧四周，卻不見人影。

「小書包，我就知道是你，別鬧了，快出來！我知道你穿隱形斗篷，所以我們看不到你。別一直躲在隱形斗篷裡！」小書籤的臉色十分難看，他一邊說，一邊四處查探聲音的來源。

「哼！不要叫我『小書包』，那個名字難聽死了，我討厭那個名字！我現在叫做魔女法拉拉！」

「法拉拉？魔女法拉拉？你選擇當一個魔法師？」小書籤說完，突然消失，同時出現了一個又瘦又高的男子；身上穿著黃色長袍，眼睛圓亮有神，頭髮又短又直，看起來十分帥氣。林捷和林宜一看就知道，這個人是小書籤。

「你終於恢復原來的樣貌啦？雖然貴為圖書館木一級館員，但是你變成蜻蜓的樣子真可笑！」法拉拉的聲音充滿輕蔑。

「我是為了方便陪伴彩花籽而變身，照顧彩花籽是我的責任。為了彩花籽，我才不在乎自己變成什麼樣子！我問你，毒蘋果魔法書到底在哪裡？當紅火爺說有人向他打聽彩花籽和芽門的時候，雖然我心裡覺得不可能，還是想起你。因為我帶著小書丸負責保護彩花籽這件事，只有少數的圖書館木一級館員和高級魔法師才知道。」小書籤嚴肅的說。

「哦，你發現啦？我故意改變聲音，沒想到一時大意露出手，被那隻老狐狸發現了。但是也沒關係啦，反正我的目的達到了！我就希望你帶著彩花籽和小書丸來這裡！」聽到法拉拉這麼說，小書籤忍不住把手張開，讓彩花籽和小書丸停在他的手心，然後小心翼翼的把他們放進袍子的口袋中。

「就算你把他們藏起來，也沒用！」小書籤發現有人拍拍他的肩膀，他回頭一看，法拉拉就站在他的後面。

「好久不見啦！親愛的哥哥！」

法拉拉留著一頭短髮，和小書籤一樣瘦瘦高高，眼睛細長，穿著一襲亮黑色長裙，披著黑色斗篷。

「哥哥？法拉拉是小書籤的妹妹？」林捷驚訝的問。

「沒錯，而且我們是雙胞胎喔，和你們一樣。」法拉拉說。

林宜好奇的問：「法拉拉，你怎麼確定我們是雙胞胎呢？」

「要知道你們的背景並不難呀。我哥哥第一次任命人類作為書偵探這件事，傳遍圖書館木和魔法世界。我因為好奇，所以稍微調查了一下你們兩個。」法拉拉說得一派輕鬆。

「法拉拉小姐，你剛剛說希望小書籤帶著彩花籽和小書丸來這裡。我想請問你，毒蘋果魔法書是不是你拿走的？」林捷看著法拉拉的眼睛說。

「你就是傳說中被小書籤任命為書偵探的人類小孩？你憑什麼認定就是我拿走毒蘋果魔法書？」法拉拉此時也盯著林捷。

「雖然你和老婆婆的樣子不相同，但是我認得你的眼睛——你就是從學校跳蚤市場拿走毒蘋果魔法書的老婆婆。當時我有注意到老婆婆雖然一頭白髮，滿臉皺紋，但是眼睛細長又明亮，炯炯有神，像是一雙年輕人的眼睛。我猜對了嗎？請回答我。」林捷依然毫無畏懼的直視著法拉拉。

法拉拉露出不懷好意的笑容，說：「果然是聰明的人類小孩，被你猜對了。」

「你為什麼闖到人類世界拿走毒蘋果？你怎麼知道毒蘋果魔法書在那裡？你要毒蘋果魔法書做什麼？」小書籤皺著眉頭問了一串問題。林宜發現，即使變身為人形，小書籤的眉毛依然是短而稀疏，皺起眉頭時，眉毛還是會連成一直線。

法拉拉看著小書籤說：「有可靠的消息來源說，毒蘋果魔法書被變成一顆玉米種子，流落在人類世界。我追蹤了好久，終於鎖定範圍。去人類世界找毒蘋果之前，我先放出毒蘋果出現的消息，就是希望你帶著彩花籽和小書丸來找我。我的運氣不錯，有人用熱氣讓毒蘋果現出原形，在被人類發現之前就被我帶走。毒蘋果魔法書是所有魔法師的夢想之書；有了這書，就擁有無限強大的法力，也可以和你這個尊貴的圖書館木一級館員平起平坐，甚至超越你！」法拉拉一邊說，一邊恨恨的瞪著小書籤。

「小書包，『超越我』這件事很重要嗎？」雖然小書籤說這句話的語氣十分平靜，但是林捷覺得小書籤的表情看起來有點難過。

「不要再叫我小書包，我已經不是圖書館木的館員了！我是魔法師，魔女法拉拉！」法拉拉生氣的大吼。

林捷驚訝的說：「原來，法拉拉曾經是圖書館木的館員呀！」

說完之後，他發現法拉拉的臉色立刻沉下來。法拉拉用怨恨的口氣說：「沒錯，只因為一本活人書被偷，我就被降為等級最低的圖書館員——本來我是最資深的一級館員，照顧彩花籽的人應該是我才對！」

「活人書就是指大大巫婆嗎？」林宜忍不住開口問。她想起她們兄妹倆第一次遇見小書籤的時候，就是被指派跟小小巫婆比賽種「書」，後來種出來的魔法書就是失蹤已久的大大巫婆。

法拉拉的眼神突然從激動變成沮喪，她點點頭說：「沒錯，當年我和小書籤剛升上圖書館木一級館員，我們一起負責管理最珍貴的魔法書——活人書區。大大巫婆被偷走的那天，小書籤正好不在，倒楣的我就成了被責備的人。我怎麼會知道有人偷看了圖書預約單，冒充三隻小豬中的豬大哥，把大大巫婆騙到祕密花園後把她帶走？」

小書籤垂下頭，說：「小書包，對不起。其實，我希望被處罰的人是我，而不是你。」

「哼！我才不相信！無論如何，我要變成最偉大的魔法師，讓大家都知道，其實我的能力很強！」法拉拉面無表情的說完之後，從口袋裡拿出一個蘋果，然後說：「小書籤，敢不敢跟我玩一個有趣的遊戲？如果你贏了，毒蘋果魔法書還你，我就從此消失，不會再打擾你們。如果我贏了，就把彩花籽和小書丸交給我！如何？」

小書籤露出猶豫的神色說：「如果……如果我不願意跟你玩這個遊戲呢？」

法拉拉冷笑了兩聲說：「沒想到堂堂圖書館木的一級館員，居然這麼懦弱。」

「我不是懦弱，只是不希望我們兩個互相傷害。小書包，我願意辭去圖書館木一級館員的職務，換取你回圖書館木工作。」小書籤懇切的說。

「來不及了！當初，我一氣之下直接離開圖書館木，沒有向上司報備，就已經失去回圖書館木的資格了——這一點在工作手冊裡寫得很清楚。如果你不願意跟我一較高下，我會立刻帶著毒蘋果魔法書離開，但是下一次我還是會找機會偷走彩花籽！為了獲得強大的魔法能力，變成偉大的魔法師，我一定要得到彩花籽和芽門！」

小書籤知道法拉拉的心意已決，他握緊雙手，表情十分痛苦的點點頭，說：「好吧！我答應你。」

第八章

哪一邊有毒？

法拉拉從口袋裡拿出蘋果，用雙手小心翼翼的捧著。林林宜仔細的看著那顆紅蘋果，雖然大而圓，看起就是個普通的蘋果，但是過了一會兒，蘋果表面開始出現亮晶晶的光澤，而且愈來愈亮。

法拉拉說：「這顆毒蘋果因為有魔法的保護，到現在都還是色澤奪目鮮豔，香氣誘人。當初白雪公主的後母，為了騙白雪公主吃下蘋果，把蘋果變成一邊有毒，一邊無毒；皇后自己吃了無毒的那一邊，讓白雪公主吃下有毒的那一邊。後來撿走蘋果的魔法師，用魔法把蘋果復原成完整的樣子，當然皇后和公主的咬痕也不見了。

現在，我的遊戲規則很簡單：我們兩個各咬蘋果一口，誰吃到無毒的那一邊，就算贏了。」

「難到你不怕傷害了蘋果，魔法書的內容也會受損嗎？」林捷提出問題的時候，林宜深深的吸了一口氣；林捷的問題也是她心中的疑問，但是在這麼緊張的情勢之下，她沒有勇氣開口問。

「哼，真是無聊的問題！我原諒你是個不懂魔法的人類。告訴你，根據《格林童話魔法研究》這本書上的記載，後來的魔法師為了怕不知情的人吃掉這顆蘋果，已經在上面施了法術，就算蘋果被吃光了，只要蘋果核還在，依然會恢復原狀。」

「那吃了有毒的那一邊，會怎麼樣呢？」雖然很害怕，但是因為擔心小書籤，林宜還是鼓起勇氣問。

「放心，我雖然討厭我哥哥，但是不至於希望他中毒死亡。一般人類吃了當然會中毒身亡；但是小書籤是魔法高強的圖書館木一級館員，不至於太嚴重，昏迷十年之後就會自動醒來。不過，如果你願意親小書籤一下，可以把昏迷的時間縮短為一百個小時！」法拉拉露出戲謔的笑容。

「法拉拉，如果是你中毒，我也得親你嗎？不會吧？」林捷的表情看起來比林宜更為驚訝。

「別聽她胡扯，不用擔心這些問題。」小書籤的表情依然嚴肅。

「好吧，別浪費時間了，我們現在就開始吧！」法拉拉把蘋果舉得高高的，像一把即將點燃的火炬。

小書籤盯著蘋果看，然後嘆了一口氣說：「小書包，你是妹妹，讓你先選吧。」

「好吧，那我先選囉！」法拉拉說。

「等一下，蘋果一直在你那裡，說不定你早就用魔法判斷哪一邊有毒，這樣不公平！」林捷舉手抗議。

「哼！居然懷疑我？要不是看在你是小書籤的朋友的份上，我會立刻用魔法把你變成青蛙！」法拉拉狠狠的瞪著林捷，但是林捷卻一點也不在乎，他接著說：「我覺得蘋果應該交給我或是林宜，讓我們把蘋果轉個幾圈，再讓你們選，這樣才公平。」

林宜也點點頭說：「對呀，我也覺得這樣比較公平。」

「好吧，反正你們兩個人類也不懂魔法，就算你們拿著蘋果逃走，在迷路市場裡也逃不出我的手掌心！」法拉拉說完，立刻把蘋果遞給林捷。

「我覺得我和哥哥應該一起拿著蘋果，比較公平。」林宜提議。

法拉拉翻了翻白眼說：「又是公平？好吧！我自己也嘗過不公平的滋味，就讓你們兩個一起拿著蘋果吧！」

這是一顆很大的蘋果，林捷必須用雙手捧著。真是不可思議，這真的是白雪公主吃過的蘋果嗎？他仔細的看著蘋果，蘋果的表面光滑無比，散發著閃亮的紅色光澤和濃郁香氣，十分誘人。林宜靠過來，和他一起捧著這顆蘋果。

「我建議你們兩個都轉過身去，我和林宜會一起從一數到十，我們會把蘋果轉幾圈，等你們聽到十的時候，再轉過身來。」

法拉拉不耐煩的皺起眉頭說：「知道了！真倒楣，還要聽兩個人類小孩的指揮！」

「小書包，別忘了他們兩個不只是人類小孩，也是圖書館木的書偵探！」小書籤正色說。

看到兩人轉身之後，林捷和林宜開始數：「一、二、三……」不知道是不是看錯了，眼前的蘋果居然愈來愈亮，香氣愈來愈濃，讓林宜差一點忘了應該要轉動蘋果。她看了看林捷，他正專注的轉著

蘋果，林宜看著哥哥看蘋果的眼神，有一股不好的預感像烏雲一樣，沉沉的籠罩在她的心裡。

「……八、九、十！」一聽到林捷兄妹數到十，小書籤與法拉拉在轉身的同時，聽見兩聲清脆的「喀嚓」聲。他們被眼前的景象嚇得說不出話來——林捷和林宜幾乎是在同一個時間，咬下了毒蘋果！

第九章 一本書的價值

林捷和林宜呆立著，他們同時把雙手抓著自己的喉嚨，兩個人的臉漲成了紫紅色；剩下的蘋果在兄妹同時咬下的瞬間掉落，「碰」的一聲，變成了一本書！

「沒見過這麼蠢的書偵探，居然同時咬下了毒蘋果！沒想到毒蘋果因此還原成魔法書的樣子。」法拉拉露出不可置信的表情，說：「根據《你所不知道的超強魔法書》裡〈白雪公主與毒蘋果之祕辛〉這一章記載，因為彩花籽和芽門受到圖書館木館員嚴密的保護，要取得兩者的機率幾乎等於零。幾百年來多少得不到彩花籽和芽門的魔法師們，費盡心思研究魔法，想要尋求其他的辦法讓毒蘋果還原成書，都失敗了。這兩個人類是怎麼辦到的？」

小書籤看見林捷和林宜依然站立著，立即用雙手往兩人背後用力的拍一下；林捷和林宜立刻吐出蘋果，同時猛烈的咳嗽，一陣子之後才慢慢恢復了臉色。

看見林捷兄妹的臉色恢復了原來的紅潤，小書籤這才放心的說：「真是太危險了！你們怎麼會同時咬下蘋果呢？」

「沒辦法，一直盯著蘋果看，就有想咬一口的衝動。」林捷不好意思的抓了抓頭髮。

「太好了！多虧你們的幫忙，現在這本書是我的了！」法拉拉開心的緊緊抱著蘋果變成的魔法書。

小書籤生氣的說：「這魔法書是林捷和林宜冒著生命危險換來的，你怎麼可以拿走？應該歸還圖書館木才對！」

「我也是冒著生命危險，從人類世界把這本書帶來迷路市場！我當然可以把書帶走！這本書屬於我，我要把這本書藏起來，免得被其他的魔法師找到！」法拉拉理直氣壯的說完，把手上的書抱得更緊。

此時，林宜驚訝的指著魔法書說：「法拉拉，那本書……」

法拉拉發現抱在胸口的書，重量似乎逐漸變輕——魔法書正在一點一滴的消失中。法拉拉把書舉起，緊張的說：「會不會是因為隱形斗篷的關係？這麼珍貴的書，千萬別受到損害呀！」法拉拉立刻蹲下，把書放在地上。然而，似乎有人施了魔法，讓魔法書持續的消失，最後魔法書像空氣一樣，完全不見蹤影！

法拉拉完全無法接受這樣的事實，怒目指著小書籤說：「是不是你？你用了什麼我不知道的鬼方法，把書藏起來了？」

小書籤帶著失落的表情，搖搖頭說：「很遺憾，我也不知道。站在我的立場，雖然我不希望你帶走魔法書，但也不想看到珍貴的毒蘋果魔法書憑空消失。」

「會不會是這本魔法書自己消失的呢？因為，它一直被藏來藏去，沒有真正的讀者呀。」個性容易緊張的林宜十分順暢的把話一口氣說完，連她自己都嚇了一跳。

「沒有真正的讀者？」法拉拉驚訝的說。

林宜繼續說：「對呀，我媽媽常說，一本書如果常常有人閱讀，就能發揮最大的價值。剛剛你說，要把這本書藏起來，免得被別的魔法師發現；說不定這本魔法書因為太珍貴了，所以一直被魔法師藏起來，卻沒有被好好的閱讀。」

「嗯，林宜講得有道理！讀者的閱讀帶給書本生命，即使是魔法書也不例外。一開始，我看到魔法書的外表黯淡破舊，心裡就覺得有點納悶，而且彩花籽依舊停留在我的口袋裡——小書包你應該還記得吧？通常一本珍貴的書籍出現，彩花籽會繞著書飛來飛去；但剛才彩花籽並沒有出現，表示這本書已經失去了書的氣味。」小書籤說完，彩花籽才從口袋裡飛出來，緩緩的飛向剛剛魔法書消失的地方，像是在哀悼消失的魔法書。

法拉拉像是失去繩線控制的人偶，頹喪的跌坐在地上，喃喃的說：「原來是這樣呀！」

「你別難過，你應該是少數有機會看到毒蘋果變成魔法書的魔法師。這個經驗已經非常

難得了。」小書籤安慰法拉拉。

「真的嗎？」法拉拉睜大眼睛看著小書籤。

「是呀，其實為了追查毒蘋果，我查過圖書館木所有失竊書籍的紀錄，毒蘋果魔法書幾乎都是以蘋果的樣貌出現。」

法拉拉嘆了一口氣說：「好吧！這是個可以拿來自我安慰的好理由。不過，我不會放棄超越你的機會，小書籤！說不定魔法書會在其他地方出現；如果我再度得到魔法書，我一定會好好閱讀，變成最頂尖的魔法師，再來找你對決！我們後會有期！」小書籤還想說些什麼，但是法拉拉立即披上隱形斗篷，和魔法書一樣，消失在大家的眼前。

法拉拉離開後，林捷轉向小書籤，問：「小書籤，為什麼我和林宜同時咬了毒蘋果，會讓它變身成一本書的樣子呢？」

小書籤皺了一下眉頭，嘆了一口氣說：「說實話，我不知道真正的原因。當初白雪公主的後母為了博取信任，自己先咬了一口，白雪公主才吃了蘋果。我猜想，也許是魔法師刻意設定了咒語，要兩個人同時咬下蘋果，蘋果才會變身為書。而你們兄妹倆誤打誤撞，解開了咒語。不過，我想問你們，你們決定咬下蘋果的時候，不會擔心中毒嗎？」

林捷搖搖頭說：「我只擔心你吃到有毒的那一邊。我想如果我先咬了蘋果，或許你們兄妹不必玩這麼殘酷的遊戲。假設我真的中毒了，你一定有辦法救我，對不對？」

「沒錯，我也是這麼想！」林宜笑著點點頭。

小書籤露出無奈的笑容說：「看來我也只能說，謝謝你們這麼信任我！這次的任務雖然不算成功，但是對魔法書來說，或許這是最好的結局。啊！我們離開的時間夠久了，該把你們送回學校了。」

此時，林捷發現林宜的背上有一張紙：「咦？林宜，你的背後有張字條！」

迷路地圖＋閃亮亮池塘＝從迷路市場回到人類學校的捷徑

「看來法拉拉並不討厭你們兩個！」小書籤看了紙條，露出會心的微笑。

「哥，你的背後也有張字條！」林宜看著林捷的背後，掩嘴偷笑。

「林宜，快幫我拿下來！我要看！」林捷的語氣中帶著興奮。

雖然我們是這場遊戲的對手，但是我欣賞你的勇氣。

「這是在稱讚我嗎？法拉拉好像沒有想像中這麼冷酷無情。」林捷說完，對林宜眨了眨眼睛。

小書籤點點頭說：「是呀，小書包是在稱讚你。嗯，看來她還是跟以前一樣，好惡分明，有話直說。」

此時，林宜用擔心的語氣問：「小書籤，根據法拉拉留下的紙條，意思是我們要使用迷路地圖回學校嗎？這樣會不會迷路呢？」

只見小書籤面帶微笑揮了揮袖子，小書丸從小書籤的口袋飛出來，和彩花籽一起圍繞著兄妹倆。此時，小書籤再度化身為蜻蜓的模樣，他說：「林宜，別擔心，把地圖拿出來，彩花籽會帶路的。」

林宜拿出迷路地圖，攤開平放在草地上。彩花籽飛到地圖上方盤旋，地圖在瞬間延伸變大，覆蓋在閃亮亮池塘上方；此時林宜發現，迷路地圖上的閃亮亮池塘正好與真實的池塘重疊了！彩花籽飛向池塘，停留在池塘中心；林宜看見池塘中心出現彩花籽的影子，彩花籽的影子慢慢拉長，最後占據了整個池塘。兄妹倆驚訝的發現，池塘裡的水不見了，出現了一個地下通道。

「沒想到回家的路，就藏在迷路地圖裡！」林捷說。

小書籤點點頭，對著林捷兄妹說：「謝謝你們今天的幫忙！進去通道後，很快就可以回到人類世界了。下次我們或許會在圖書館木中相見，後會有期！」

向小書籤道別後，林捷拉著妹妹的手，往下走進通道。彩花籽就在前方，翅膀散發出藍色光芒，讓林宜覺得很安心。好像只是一眨眼的時間，彩花籽翅膀的光澤消失在從通道深處發散的光亮裡，彩花籽也跟著消失了。此時，林捷與林宜兄妹發現自己正站在教室

前的二手書攤位前。林捷看了一下手錶，指針開始移動，跳蚤市場才剛開始不久。

「還好，我們沒有錯過跳蚤市場！」林宜開心的環顧四周，眼睛發亮。

「對呀，不過，我得先收拾一下掉在地上的爆米花。」林捷說。

「我也來幫忙！」林宜說。

林捷一邊掃地上的爆米花，一邊對著林宜說：「問你一個問題喔，你怎麼知道我會咬下蘋果？」

「我就是知道！」林宜聳聳肩膀。

「你不怕中毒嗎？」林捷知道妹妹的膽子一向很小。

林宜看著林捷說：「因為我知道哥哥你一定會保護我，不會讓我發生危險。沒想到我們一起咬下了蘋果。我想這是因為雙胞胎間的心電感應，對嗎？」

林捷一句話都沒說，低下頭繼續掃著爆米花；過了幾分鐘，他才開口：「其實，我也很擔心自己的判斷是錯誤的。還好，我們平安回來了。現在我要去逛逛其他班級的攤位了。別忘了，是你自己說過要留在我們的攤位，讓我去逛逛；回家之後可別跟媽媽告狀，說我欺負你喔！」

林宜沒說話。她只是露出微笑，用力的點頭，對著哥哥揮揮手，然後看著林捷的背影消失在人聲喧鬧的走廊盡頭。

番外篇

咩咩羊三姊妹

雪泡，雪嗶和雪可可是三胞胎姊妹。雪泡是大姊，比雪嗶早十秒出生；雪嗶是二姐，比雪可可早十秒出生。三姊妹長得幾乎一模一樣，只是雪泡的眼睫毛比雪嗶短零點一公分，雪嗶的眼睫毛比雪可可短零點一公分。

咩咩羊三姊妹其實是羊，她們屬於咩咩羊族這件事，在魔法世界裡一點都不稀奇，在迷路市場裡更是人盡皆知。其實，咩咩羊三姊妹在迷路市場最著名的稱號是「什麼都能做的員工」。三姊妹在成為咩咩羊咖啡店員工之前，曾經在四季花草店、雲朵菇烤丸子之家、肌肉壯壯健身房、包大包小雜貨店、魔法堂服飾店、輕飄飄飛毯專賣店……等數不清的店家工作過。

「為什麼換了這麼多的工作呢？」三姊妹在應徵咩咩羊咖啡店工作時，老闆問。

「因為愛！」雪泡小聲的說。

「因為愛？談戀愛嗎？說清楚！」老闆瞪大眼睛說。

「因為愛吃。」雪嗶接著回答。

「愛吃？吃了店裡的東西嗎？」老闆問。

三姊妹同時搖搖頭說：「愛吃紙。」

「紙？不是青草？我以為咩咩羊族愛吃草。如果只是吃掉幾張廢紙算是小事吧。我開的是咖啡店，只要別偷吃咖啡豆和點心就好了，我還可以提供很多廢紙給你們吃喔。這樣應該沒問題，明天可以直接上班。」老闆表情輕鬆的說。

「謝謝老闆！」三姊妹同時彎腰鞠躬，露出一模一樣的笑容，連嘴角上揚的角度也分毫不差。

＊＊＊

一走出咩咩羊咖啡店，三姊妹立刻討論起來。

雪泡說：「剛剛在這家店聞不出任何珍貴魔法書的味道呢！」

「沒錯！老闆不知道其實我們愛吃的是珍貴魔法書——富含各式魔法咒語的紙，吃起來耐嚼有勁，滿嘴生香，有些咒語甚至會在舌頭和胃裡跳舞，真是太美味了！」雪嗶滿臉陶醉的說。

雪可可微微的皺著眉頭說：「唉，我們也是因為之前老是忍不住吃掉老闆們或是客人私藏的珍貴魔法書，才會被趕出來。這樣也好，希望這個老闆沒有珍藏的魔法書，上門的客人也沒帶魔法書，我們才可以在這家咖啡店待比較長的時間。」

「我調查過了，這個老闆不愛閱讀，這家店又在迷路市場的冷門位置，客人不多。所以應該可以順利的工作一陣子吧。」雪泡說。

結果，如三姊妹所願，在咩咩羊咖啡店工作十分順利，三姊妹很快的學會沖泡好喝的咖啡，也會做美味的點心；老闆對三姊妹的工作表現很滿意，雇用她們超過一百年。一直到兩位人類小孩——

同時也是圖書館木書偵探上門，發生的故事就在這本書裡。

覺得咩咩羊三姊妹的故事有趣嗎？在【神祕圖書館偵探】系列故事的第三集與第四集中，雪泡、雪嗶和雪可可三姊妹，將會以不同的面貌再次出現，敬請期待。

讀書會

名師專家設計學習單，從有趣的文本培養閱讀理解力，鍛練思考力，增進寫作力，三大功力一次完成！

導讀

閱讀是充滿樂趣的，往往在文句推展延伸的過程中，讓我們得以發揮無窮盡的想像。閱讀的層次也分好幾層，初階的讀者剛開始僅能理解字面上的意思；進階的讀者可以沉浸於故事情境裡，跟著主角遨遊；而最高層次的讀者，會在閱讀過後，思索這本書帶給自己什麼啟示，以及如何影響自我及他人的生命。

所以，各位親愛的小讀者，你可以在閱讀本書前，為自己的閱讀層次設定一個目標，期望自己在閱讀中有所獲得。本書是《芽門、彩花籽與小小巫婆》的續集，或者說是延伸吧！故事先描寫在學校舉辦的跳蚤市場，突然間出現一位老婆婆要來買蘋果，接著便消聲匿跡。後來主角兄妹透過各種線索，走進迷路市場，喝了追蹤咖啡，遇到了魔女……等等，展開一連串有趣的冒險。當小朋友讀到這篇導讀時，也許可以先嘗試預測：喝了咖啡之後可能發生什麼事？那位魔女會是什麼特別人物？以及主角兄妹可能會遇到哪些問題，他們會如何解決。這些預測都沒有標準答案，預測的過程反而能讓小讀者一邊開展想像空間，一邊放入自己的生活經驗，加在一起就是專屬於自己、最棒的答案。

另外，當你在閱讀的時候，可以試著在你覺得有趣、困惑，或覺得不可思議的地方，做個小記號，並在下一次閱讀時，重新感受當時的心境，你會發現，閱讀真的是一件樂事哦！

快問快答

1 在第一章〈跳蚤市場裡的蘋果〉中，兄妹倆從遇到老婆婆，到爆米花被老婆婆從袋中倒出來時，他們的心情是如何變化？

2 在咩咩羊咖啡店裡，兄妹是如何推斷出咖啡店三姊妹的身分呢？

3 在〈恭喜你們迷路了！〉一章中，魔女法拉拉拿走毒蘋果的目的是什麼呢？

4 林捷是如何判斷魔女法拉拉就是在跳蚤市場拿走毒蘋果的老婆婆？

5 請回憶一下故事情節，排出正確的發生順序：

甲、遇到魔女法拉拉

乙、蘋果出現在跳蚤市場

丙、兄妹進入迷路市場

丁、兄妹回到人類世界

6 請簡單描述從兄妹遇到魔女法拉拉，到兩人咬下毒蘋果的過程。

7 你覺得哪個章節最精采？為什麼？

8 你會如何形容魔女法拉拉的性格？你是從哪些章節與文句中判斷？

9 比較林捷和林宜、小書籤和法拉拉這兩對兄妹，有什麼不同？

10 你喜歡故事的結局嗎？為什麼？如果是你，你會如何重寫這個結局？

導讀、教案設計／**林彥佑**（高雄林園國小教師）

在那個魔法閃閃發亮的夏日午後

因為父親曾在花蓮縣光復糖廠工作的緣故，我的童年時光是在花蓮糖廠度過。廠區裡有宿舍、小學、餐廳、醫院、冰店、澡堂、游泳池，還有一間小小的圖書館。這間小小的圖書館對我來說，很重要。儘管裡面沒有多少童書，但是成疊的《國語日報》和皇冠小說，在我知曉閱讀的樂趣之後，陪伴我度過許多時光。有一回在圖書館角落裡看著《國語日報》，完全忘了時間，後來才發現圖書館員把門關起來，回家休息了。還好，門並沒有真的鎖上；我倉皇的奔出圖書館回家，雖然受了一點驚嚇，但是並沒有阻止我再度進入圖書館。後來，回想這段記憶，在那個沒冷氣的年代，外面烈日當中，卻沒有炎熱的感覺。我讀著一篇篇有趣的故事，聞著報紙的油墨味，不禁覺得那些文字一定有魔法；圖書館那個空間一定也有魔法，才讓我完全忘記身外的世界，也讓那個糊塗的圖書館員沒發現我還在圖書館之中。

【神祕圖書館系列】的原始構想，來自我對圖書館與閱讀的種種美好記憶。儘管隨著年歲增長，生活忙碌，能完全拋開世界，讓自己泡在圖書館中的魔法時光已經不存在，但是我熱愛閱讀的習慣一直都在，各式各樣的書帶給我很棒的閱讀時光。寫這一系列故事時，我又再度回到那個充滿魔法的圖書館空間裡，刺激又曲折，對我來說，是十分有趣的寫作歷程。

很開心這系列書在親子天下編輯團隊的努力之下，終於出版了。希望小讀者閱讀這系列故事之後，也能累積屬於自己的美好閱讀記憶。擁有這樣的記憶是一件很棒的事情，如同魔法一樣，將引導你走向下一段美好的閱讀經驗。祝福大家閱讀愉快！

推薦文

互文、魔法與人性

◎文／張子樟（青少年文學閱讀推廣人）

一、《哈利波特》的演示

初讀《哈利波特》第一集的讀者，對於作者J. K. 羅琳在書中不斷演示各類魔法，必定極感驚訝：「這位作者好厲害！想像力那麼豐富，竟然能想出那麼多魔法招術。她的腦袋是什麼東西構成的？」再多讀這一系列續集，再多看其他經典奇幻名著，就會恍然大悟。原來大作家必定經過大量閱讀的階段，並且懂得勤做寫作筆記。如果他記憶力超人一等，那更理想。依據互文理論的說法，許多新作品難免都有優秀經典作品的片斷或影子。如果說「天下文章一大抄」，未免嚴重了些，但如果說羅琳的作品是天下所有魔法的總集合，相信很多人可以接受。

從名著中汲取養分並不涉及抄襲。但如果只是一味模仿，完全沒有新意，那只是在書市裡增加一本仿作而已，讀不讀都一樣。這種新作或許一時可以吸引好奇的讀者，但等討論熱潮退後，人們就忘記了它，更不可能成為代代傳誦的經典作品。

二、蘋果魔法書

《爆米花、年輪椅與失竊的魔法書》是【神祕圖書館偵探】系列第一集的延續。主配角不變，還是林捷林宜兄妹在現實與幻想世界來去的故事，但在冒險旅程上卻得面對更艱辛的挑戰，過程有趣但沒有把握絕對過關；然而兄妹同心，一致對外，最後必定化險為夷。這些都得看作者如何挖盡心思去構想。因此，突然在愛心跳蚤市場出現的老婆婆拿走紅通通的大蘋果，只是作者拋出的故事引子而已。

大蘋果原來是圖書館木遺失的魔法書。林家兄妹如何從這顆當年白雪公主曾經吃過的水果的引導，進入迷路市場，巧遇羊、熊和狐狸這三種動物的經過，便展露他們兄妹的智慧與判斷力，故事的描述也變得合情合理。讀者一路讀來，只覺得十分順暢，不會覺得卡卡的。

三、奇幻、武俠與美食

無可諱言，奇幻小說主角的冒險之旅，在某些方面，跟武俠小說主角的行走江湖有幾分相像。這兩種類型作品中的主角從不擔心身無分文一事，作者總會安排「船到橋頭自然直」的情節，讓主角心無罣礙（如「錢財本是身外物」等等説法），順利克服障礙，完成該做的事。儘管如此，這兩種作品有時會有「過度想像」的毛病。在武俠作品中，主角不是永遠英俊年輕、便是美豔逼人；他們的武功不是永遠天下無敵，就是書中高手無數，一個比一個高強，到最後不知如何收場，角色個性也無連貫性。在奇幻小説裡，幻術無限，無窮無盡，永遠一種比另一種高桿。玩到最後，作者也搞不清楚哪些幻術具備説服力，整本作品淪落成「金光閃閃」大戲，角色們不停的鬥智鬥法，但缺失作品的人性刻畫。

本書如果不小心處理，極可能會犯了上述的毛病。幸好作者懂得節制，在應該煞車時就停下來，不致於莽撞行事。她除了再讓同系列第一集的重要角色露面外，不再隨意增添不必要的角色，以免收場不易。情節的安排也力求不離譜，例如林家兄妹接受考驗，同時各咬蘋果一口的情節，便安排得相當合理。孩子忍受不了眼前的美好食物，是人之常情。如果寫成兄妹意志堅強，絕不受眼前美食誘惑，終於完成考驗，反而顯得矯情無趣。

有趣的是，作者似乎十分擅長生活中的美食調理，在作品中不時提及口慾之福，舊作《草莓心事》中的多種草莓食法便是最佳說明。這本書則連續提到了迷路咖啡、迷魂蘋果派、火焰冰淇淋、金星雨露茶、雲朵菇烤丸子等。光聽食物名字，再加上揣測它們的模樣，已經令人口水直流，只是讀者只能在想像中自我陶醉一番。

另外，小書籤與小書包兄妹的意氣之爭，剛好與林捷林宜兄妹的合作無間成為強烈對比。奇幻世界的男女為凡間世人所形塑，依舊具有凡人的各種弊病，透過人性的刻畫讓神魔人三者的習性得以展露。作者在這方面也拿捏得相當精準，值得稱讚。

迷路才是真正的指標

◎文／陳櫻慧（童書作家暨親子共讀推廣講師、
思多力親子成長團隊暨網站召集人）

教育教會我們藉由各種知識的累積，循著軌道來推演線索，找尋答案。故事從耳熟能詳的白雪公主不小心咬下的「毒蘋果」做為起始點，主角走進迷路市場，一路上不停的探詢目的地，不論是咩咩羊咖啡店的追蹤咖啡，或是迷路地圖，都試圖給「迷路」一顆定心丸；即使如此，讀者們依然走在「迷路」的路上，因為每個轉彎，都可以發現作者細心安排的驚喜風景。

紅火爺的金星雨露茶、雨婆婆的雲朵菇烤丸子，是走在這段路上消暑飽餐的好點心。「在迷路市場必須迷路，才能找到自己想找的東西。」終究還是迷路了，才可以到達結局！原來，曾經被誤解的魔女法拉拉為了擺脫宿命，搶奪傳說中富有玄機的毒蘋果，不惜和哥哥小書籤用生命玩遊戲。最後，誰贏了呢？是——愛。

情感的糾結、嫉妒憤恨，複雜的情緒交織在手足之間，最後是人類雙胞胎兄妹基於對彼此的信任，用「愛」讓毒蘋果化為魔法師夢想中的魔法書！但故事結尾依舊因為魔女法拉拉想要把書藏起來的私心，魔法書點滴消失殆盡。不愧是作者圍繞著「書」而妙筆生花的故事，不忘回到書本需要被「閱讀」的原始價值。

作者顛覆找尋答案的方式，以新思維帶讀者從起點開始，教會我們放心的跟著故事迷路，因為，這樣才會發現——原來沒有預設的風景真的很好看。

神祕圖書館偵探2

爆米花、年輪椅與失竊的魔法書

文｜林佑儒
圖｜25度

責任編輯｜許嘉諾
美術設計｜蕭雅慧
行銷企劃｜葉怡伶

發行人｜殷允芃
創辦人兼執行長｜何琦瑜
副總經理｜林彥傑
總監｜林欣靜
版權專員｜何晨瑋、黃微真

出版者｜親子天下股份有限公司
地址｜台北市104建國北路一段96號4樓
電話｜(02) 2509-2800　傳真｜(02) 2509-2462
網址｜www.parenting.com.tw
讀者服務專線｜(02) 2662-0332　週一～週五：09:00~17:30
讀者服務傳真｜(02) 2662-6048
客服信箱｜bill@cw.com.tw
法律顧問｜台英國際商務法律事務所・羅明通律師
製版印刷｜中原造像股份有限公司
總經銷｜大和圖書有限公司　電話：(02) 8990-2588

出版日期｜2016年8月第一版第一次印行
2021年7月第一版第十五次印行
定　價｜260元
書　號｜BKKCJ033P
I S B N｜978-986-93339-7-9（平裝）

國家圖書館出版品預行編目資料

神祕圖書館偵探2：爆米花、年輪椅與失竊的魔法書／林佑儒文；25度圖. -- 第一版. -- 臺北市：親子天下, 2016.08
136面；17×21公分. --（樂讀456系列；33）
ISBN 978-986-93339-7-9（平裝）

859.6　105012722